모닥불

모닥불

2024년 10월 17일 초판 1쇄 인쇄
2024년 10월 30일 초판 1쇄 발행

지은이 | 이봉명
펴낸이 | 孫貞順

펴낸곳 | 도서출판 작가
　　　　(03756) 서울 서대문구 북아현로6길 50
　　　　전화 | 02)365-8111~2　팩스 | 02)365-8110
　　　　이메일 | cultura@cultura.co.kr
　　　　홈페이지 | www.cultura.co.kr
　　　　등록번호 | 제13-630호(2000. 2. 9.)

편집 | 손희 김치성 설재원
디자인 | 오경은 이동홍
영업 | 박영민
관리 | 이용승

ISBN 979-11-94366-04-1(03810)

· 이 시집은 한국장애인문화예술원의 후원을 받아 2024년 장애인 문화예술
　지원사업의 일환으로 발간되었습니다.

값 13,000원

모닥불

이봉명 시집

작가

이산 저산 갈황색미치광이버섯이
온 마을을 들쑤시고 다녔다.
젖은 꽃잎처럼 종종종 반짝이는 별을
마을 입구 둥구나무 가지에 마냥 걸어두고 싶어서
좀이 쑤시고, 배곯던 고향에서 자꾸자꾸
까마귀 떼가 저녁나절 내내
늙은 밤나무 가지 타고 울었다.
여름밤이면 탱자나무 가시로
고동을 쏙쏙 빼
아이들 입 속에 넣어 주던 어머니와
구절초와 쑥부쟁이도 분간 못 하는
개맹이 없는 마을에서 사는 게
나는 더 없이 좋았다.

2024. 10.
적상산 아래 포내리에서
이봉명

차례

2부

3부

4부

발문

1부

그 겨울밤

달이 지고 나서도 어머니는 호롱불을 끄지 않았다
넋이 빠졌는지 탯방문을 넘어가는 어머니 허리가 더 굽었다
지난가을부터 나는 한쪽 다리를 절었다
당골네 굿판은 원 없이 쏟아졌다
나는 소리죽여 눈물을 훔쳤다

찢어진 삼베적삼 소맷자락이 펄럭이는 밤이면
별똥이 자꾸 서쪽으로
서쪽으로 또 떨어지고 있었다

서늘한 날

속이 서늘한
날이면
주먹만 한 뭉탱이가
가슴을 쾅쾅 치네

여편네는 보리 싸들고
삽짝을 나간 지
스무 달 열이레
세 살짜리 계집아이
눈두덩이 짓무르도록
어미를 찾네

간짓골
자작나무 숲에서
밤새 음흉 떠는
아장살이

깊은 꼬랑창에

발 담그고

마흔두 살

김 씨도

어제가 되었네

모닥불

고주배기 밤나무 썩은 밑둥이며 도끼에 찍히다 만 솔갱이들을 몽땅 끌어다가 불을 붙였다 검은 연기 뿜어내며 불길이 활활 타오른다 검은 연기 빠져나간 뒤 솔갱이끼리 붉게 어울려 이글거리는 불, 팻기 가신 동백꽃처럼 예쁜 불, 꽃불

짝눈이 동철이, 몽당모가지 철근이, 길 가다 자빠져 팔 부러진 기광이 메주콩 주워 먹고 배탈 난 얼굴로 모닥불 앞에 앉았다

목동철이 동생 봉분이가 꼬시랑 머리 태우며 쪼그라진 양은 냄비에 콩을 볶았다 불이 붙어서 타오르는 고자배기 부지깽이로 잉걸불을 쑤석거릴 때마다 불꽃이 튀어올랐다 불꽃은 불티로 삭지 않고 부엉새 우는 밤에 별이 되리라

모닥불에 비친 얼굴들이 탈바가지를 뒤집어쓴 것 같았다

별은

울안에서 자꾸 별이 진다

소 오줌에 젖은 쑥대가 맵게 타는 모깃불 먹고

별은 쌀알처럼 종종종 걸어 나와서 한사코 반짝이는 것
이었다

뇌깔스러운

물푸레나무 푸른 날에 새우들이 긴 수염을 쭉 빼고
산동네 사돈의 팔촌까지 부엌과 토방문을 삐그덕 열었
다 햐, 됫박으로 잡아왔구나, 이따금 뇌깔스러운 여자의
소리 너머 궁색하게 뒷간문 두드리는 소리도 들렸다

오늘처럼 홀시어미와 머리끄댕이 뽑아 들고 코피 터진
날에는 너나 가릴 것 없이 줄을 서서 풀대기에 끓인 새웃
국을 바가지째 들이마시며 종일 막걸리를 찾아도 좋았다

가끔 모가지를 꼿꼿이 치켜올리고
빳빳하게 꼬장을 꺼내어
빨랫줄에 널어 말리곤 하였다

덜깨기

장끼는 단번에 목을 꺾어 비탈 사이를 파고들었다 이따
금 딱따구리가 나뭇가지 쪼는 소리 들렸다

보리누름이면 늙은이 입맛이 떨어졌다 그걸 용케 알고
손주가 덜깨기를 붙들어 오면 장끼를 왜 덜깨기라고 부르
는지도 모르는 늙은이는 장끼탕 국물 그릇째 들이마시고
한나절 내리 졸아도 암시랑토 않았다

장끼는 저 죽을 줄도 모르고 풀숲 위에 더덕더덕한 날
개 문지르며 꺽꺽 콩밭을 찾았다

비 그친 뒤에

장맛비가 꺼끔해지자
남정네들은
통발 족대를 들고나와
이 또랑 저 또랑 풀숲을 헤쳐
미꾸라지 메기 뿌구리 징거미 새우를 훑어서
얽둑배기 까막과부네 주막으로 달려갔다
과부는 물 탄 막걸리로 동네 시러배들을 후렸다

비 그친 틈을 벌리고
무너진 밭고랑이며
논둑을 손질하거나
쓰러진 곡식을 일으켜 세우거나
호박넝쿨을 걷어올리는 아낙네들은
남정네들 짓거리를 듣자마자
입술을 파르르 떨며
주막으로 몰려와

글구멍 없는 사내들의 멱살을 발끈 잡아채고
삼베 바지를 뭉쳐 끌어냈다

덕유산 호랑이는 쓸개 없는 시러베아들 안 잡아가고
뭔 지랄을 하는지 모르겠다고
다시 빗줄기가 굵어지고 있었다

오래된 굴참나무도 비에 젖는다

늙은 굴참나무 사이로 찬찬히 봄비가 내린다
스무 살 새댁은 돌배기 안고 무작정 비를 맞는다
삼베적삼은 온몸을 끌어안고 지긋이 비틀리고
재수없게시리 오래된 굴참나무 가지에서 까마귀 울었다
새댁 왼쪽으로 쓰러져 비를 맞는 아이는
가만가만히 어미의 젖을 만지고 있다

총총 빛나는 별들에

오뉴월 고뿔을 이겨 보겠다고
놋대접으로 마시는 쑥물이 소태처럼 쓰다

고추 된장쑥국에 밥숟가락이 풍 맞은 할망구 마른 손 흔들고
초저녁부터 부엌문 밀어제끼는 바람이 제법 거세다

급하게 돌아서다 다굴아비
정지문 너머에 총총 빛나는 별들에 눈길 빼앗겼다

감자 서리

먹어도
또 먹어도
배가 고픈 꼬마들은
삼베 바지에 불알이 딸랑거리도록
산자락 밭에 들이닥쳐
감자 한 소쿠리 캐 날랐다

밤나무 감나무
썩은 삭정이를
차곡차곡 쌓고
그 위에 감자보다 굵은 자갈을
또 쌓은 뒤 감자를 얹었다
삼베적삼을 벗어
얼기설기 왕돌들을 잇대놓은
아궁이에 부채질하는
아이와 뜨거운 유월 햇살이 뒤엉켜

활활 타는 불이
자갈을 발갛게 달궜다
감자가 지글지글
물기를 뿜어냈다

황 씨네 욕쟁이 할망구
욕바가지가 마당골 들판에
가득히 채워지든 말든
숯검정이 아이들은
시커먼 감자를
허천나게 먹어치웠다

시인의 아내

당신을 처음 만났던 때를 떠올린다는 게 이제는 조금 쑥스럽습니다 난 때로 사랑은 눈부심이라고 생각했습니다하지만 당신은 안락의자 같은 사람이었습니다 따뜻하고편안해서 그대는 더 슬픈 모습으로 내게 왔습니다 그 따뜻한 슬픔이 눈부심일까를 생각하다 보면 당신 가슴속에 안긴 슬픔이 물안개처럼 내려앉습니다

당신의 눈빛도 내 가슴을 슬프게 하였습니다 슬픔의 입자들이 한 개씩 모여들어 투명하게 또 다른 슬픔을 낳는끝 모를 슬픔이 당신 가슴에 늘 숨겨져 있습니다 가장 찬란하고 아름다워야 했을 우리의 이십 대는 황폐했습니다만 그보다도 내가 당신을 얼마나 이해하고 가슴 깊이 껴안을 수 있을지 그것이 나에겐 더 큰 걱정이었습니다

우리는 가난했어도 행복했지요 당신의 사업이 기울어갈 때도 난 당신 기다리는 시간이 등불이었습니다 그러나 우리는 부산을 등졌고 새살림을 시작한 곳이 이곳 무주 적상산이었습니다 없는 사람들이 살기 편한 곳 같았습

니다 몸에 익은 도시적 습관 때문에 불편하고 힘들었지만 어떤 때는 별세계로 소풍 온 것처럼 마음 설렜습니다 이런 내가 당신에게 철없는 어린애처럼 보였을 겁니다 하지만 이런 설렘도 잠시였지요 농사군 생활은 내 생명과 삶이 직결되는 현실에서부터 시작되었습니다 농사일에 어느 것하나 쉬운 것이 있겠습니까 씨앗 뿌리며 가꾸어 거두는 일 어디 쉬운 게 한 개라도 있어야 말이죠

새벽 4시에 기상해서 소여물 쑤는 아버님의 일을 돕는 일부터 저녁 농사일을 마치고 돌아오기까지 정말 바쁘게 살았습니다 몸에 안 익은 농사일들을 어떻게 척척 해냈는지 지금 생각하면 꿈처럼 느껴질 때가 더러 있습니다 시부모님을 모신다고 생각한 적은 애초에 없었고 우리가 시부모님께 얹혀산다고 생각했으므로 더 열심히 노력했는지도 모릅니다 힘겹고 고달프다는 그런 생각을 할 겨를조차 없었고 오직 농사일에 빠져 하루하루 살았습니다

당신은 부산에서 살 때처럼 시를 썼습니다 그 행위는 때

로 잔인하다는 생각을 머금기도 했습니다 원고지의 그 네모난 공간을 한 글자씩 메우는 일이 그대를 질식시킬 수 있을지도 모르기 때문입니다 하지만 당신이 살아 있다는 진실한 실감은 원고지 앞에 앉아 있을 때이기를 나는 바랐습니다 당신이 시인이 되기까지의 숱한 어렵고 힘들었던 때를 잊지 않기를, 인생에서 가장 빛나던 시절에 돈을 포기했던 당신의 정신적 순결이 살아있기를 바랐습니다 철저한 고독 속에서 처절하게 자신을 가두며 살아가는 당신, 당신의 주위를 둘러싼 고통이 형벌이면서 구원이기를- 그런 순간을 견딘 당신의 시가 더욱 빛나리라 기대했습니다.

아직 인생을 살아내는 일에 익숙해진 것이 없습니다 그러나 기쁨, 슬픔, 아름다움, 아픔이 삶에 똑같은 비중으로 자리하고 있음을 알았을 뿐입니다 이 글을 쓰면서 나는, 우리 머리카락이 하얗게 세기까지의 어제와 오늘을 생각합니다 회한과 절망이 더 많았지만 그 사연들 속에도 사랑은 씨앗처럼 빛나고 있습니다 사랑에 설명이 필요하겠습

니까 사랑하는 사람끼리는 눈빛만으로도 서로의 마음 깊
이를 넉넉히 잴 수 있었으니까요

　사랑하는 당신

　난 오늘도 당신 가슴 속에 빛나는 별 하나로 살고 싶습니다

2부

제삿날 밤에

호롱불 흔들리는 밤 팽나무 가지에 손돌이바람이 매웠
다 핏물 떨어지는 돼지 머릿살 시린 손으로 씻어 앉히고
소금 절인 조기 새끼 두 마리 끄덕끄덕 졸고 아버지는 연
신 축문 들었다 놨다 육전책 읽듯 구성지게 읊었다

말복

　늘어진 황소 불알 구워 먹으려고 다리 밑에 모여 앉아 있는 아이들, 눈 먼 덜깨기 잡아 털 뽑아 들고 마을로 줄달음치는 더 큰 아이들, 눈 어둡다 눈 어둡다 눈치코치 없다 울어대는 매미 한 마리 늦더위 잡아채고 까무러쳤다

　말복이라고 어른들은 토란대 넣고 삶아낸 개장국을 훌훌 들이마셨다

가을은 더 슬프지 않았다

장수똥독가랭이바우 앞에 가래 머리를 타고 연분홍 적
삼을 입은 여자가 우두커니 서 있다 여자는 바람에 몸을
맡겼다 돌담 밑 통나무 의자에 무작정 앉아 있는 시간을
접는 중인지도 몰랐다

얼떨결에
다끝아비 똥짐을 지고
숯골밭으로 간 지 십수 년 되었다

아주까리 기름불이 흔들리는 밤에

적상산 아래
왕바우골
계곡을 내려와
벼락 맞은 팽낭거리 팽나무 등걸을 지나면
수백 년 된 갈참나무 아래
반쯤 기울어진 움막 안에
눈엣가시 할망구가 살고 있었다
썩은 뽕나무 가지나
밤나무 가지, 축축한 밤송이를
수북이 안고
움막에 들어가는
저물녘에는
굴뚝에서 모락모락
연기가 나왔다

늦은 밤까지 아주까리 기름불이 흔들리는 밤이었다
여태 코빼기도 보이지 않던
집 나간 외아들과
아이 하나
우두커니 문지방을 붙들고
썩은 대추나무 등걸에 앉았는지
양지땀 마을 입구에서
컹컹대는 똥개 한 마리
어둠을 물어뜯고 있었다

이웃들

상한 감자가루로 떡하는 냄새가 골목골목에 퍼졌는지
중풍으로 사시나무 떨듯 손을 떠는 김만균, 새벽 댓바람
에 도둑처럼 슬그머니 들어와 사는 뜨게부부, 박종만이도
열 살짜리 사내아이를 끌고 건너왔다

팽나무 등걸을 낮으막이 잘라주면 움이 돋기 전에 뿌리
근처에서 버섯이 수북하게 올라와 막된장을 덜컥 넣어 배
터지게 먹는 날이 있었다

괭이밥

밭이나 길가, 빈터 어느 곳이든

꽃괭이밥, 덩이괭이밥, 붉은 괭이밥, 붉은 자주애기괭이
밥, 애기괭이밥, 선괭이밥, 우산잎괭이밥, 자주괭이밥, 자주
애기괭이밥이 있다

가녀스레한 농바우골 마을 괭이밥은 괭이가 먹고 버린
밥이다

항상 바우는

모래 등골 빼먹는 새치골에서
당골네 아들이라 놀리면 심통 부리는
바우가 산다

늙은 아버지 따라서
부러진 지게 둘러매는 날이나
숭숭 뚫어져 반은 흘리고 가는 바지개에다
고주배기나 솔가리 이파리를 지고
까풀막 내려오는 날이면
망개나무가시 덤불에선가
어디에선가
장끼가 껄껄 울었다

양지쪽으로
쭉 뻗은
복숭아 가지 휘둘러
당골네가 귀신 쫓는 저물 무렵

바우는
당골네 쿵쾅거리는 징소리
꽹가리 소리 입고
어둠 밀치고 들어와
그냥저냥 섬바우골
검은 바우덩이로
징소리 꽹가리 소리 입고
오래 잠이 들었다

나는 빈 꿀통이다

그동안 꿀벌의 곳간을 털어온 게 미안하다 꿀벌이 모아 온 꿀이 내 처자식을 건사했고 아직도 내 시를 살려낸다

1980년 3월, 부산 생활을 접고 고향 무주군 적상산 아래 포내리에 돌아온 나에게 목사 한 분이 양봉을 권유했다 꿀벌을 치는 장비와 벌은 어머니가 마련해 주었다 광주 민주화운동에 앞서 일어난 부마항쟁의 화약 냄새를 미처 털어내지 못하고 돌아온 그 시절, 어머니의 지워진 손금에서 시작한 꿀벌치기는 지금까지 내 생업이다

나는 밤마다 하늘을 읽었다 내일도 비가 오려나 하고 가슴 졸이는 밤이면 꿀벌의 안부가 궁금하여 벌통을 찾았다 바람에 떨어진 꽃잎과 빗물에 씻겨 나간 꿀보다도 꿀벌의 비상이 더 염려되었다 나는 아침 일찍 감나무 밑으로 다가가 꿀벌의 날갯짓을 확인하고 나서야 덜 깬 나의 잠을 털어내곤 했다

"고마운 아침, 오! 어머니."

나의 혼잣말에 감탄사가 붙기 시작한 것은 1986년 어머니가 세상을 떠나고부터였다 꿀벌이 한 가족이라는 사실, 서로 소중한 관계라는 사실도 어머니와의 이별을 경험하면서 새삼 깨달았다 내가 키워낸 꿀벌 역시 어머니 젖을 찾는 어린아이의 손길처럼 꽃을 찾아 날았다 내 꿀벌치기는 어쩌면 세상 떠난 어머니에 대한 그리움인지도 몰랐다

나는 가끔 꿀벌이 되어 사는 꿈을 꾼다 꿀벌도 시인이 되어 사는 꿈을 꿀 것이라고 생각을 해볼 때도 있다 내 시 안에서 꿀벌도 꽃이 지는 걸 서러워하고, 비가 오는 걸 염려하고, 나의 끼니를 걱정한다

하여 나는 빈 꿀통이다 이런저런 꽃들에서 벌들이 꿀을 모아오듯이 생각 속의 벌들이 시의 꿀을 내준다 신기하다, 꿀벌들이 시를 모아오다니! 시를 살려내다니!

어떻게 사는가

햇살 맞고 있다
비 맞고 있다
귀 열고 있다
눈 크게 뜨고 있다
가슴 뜨거워졌다
눈물 흐르고 있다
똑바로 걸었으나 먼저 절룩거렸다
나는 쓰러지지 않았다

쑥부쟁이

작은대농골 돌감나무 아래에 핀 쑥부쟁이 어린순을 된
장 찍어 허겁지겁 먹었네 여름 중간과 가을 토막까지 들판
과 후진 큰대농골 마을 언덕 넘어서 어디든 병든 누이 얼
굴처럼 연한 보라색으로 피는 쑥부쟁이

오늘도 배고픈 코흘리개를 붙잡고 놔주질 않네

늑대 한 마리가 어슬렁어슬렁

아침나절인데
늙은 늑대 한 마리가
어슬렁어슬렁 지나갔다

사람들은
뉘 집 늙은 개 한 마리
젖을 흔들며 지나가는구나,
하고 침을 꿀꺽 삼켰다

산토끼가 마당까지 내려오거나
뒷산 가까운 데서
장끼가 꺽꺽 울면
나는 급하게
올무 몇 개를 챙겨서 산에 올랐다
그런 날이면 이상하게
내 몸에서

피에 굶주린 늑대 한 마리가
튀어나왔다는 듯
몸이 부르르 떨렸다

멧돼지가 줄래줄래
제 새끼들 몰고
고구마밭이며
강냉이밭을 쑥대밭으로 만들어놨을 때도
음짓골에서는
늙은 늑대가 어슬렁어슬렁 고개를 넘어갔다

산은 푸른데

소나무 가지에
생살이 붙으면
톱을 들고
산날망을 오른다

찔레 순이나
두 마디 자란 싱금줄기가
뾰족뾰족
고두름 길이만큼 자라고
삼베 끈을 옭아매는
언덕에서 두릅 순을 꺾어
씹어 먹고 나면
이내 바지를 내리고
주저앉았다

빡빡하게

웅크리고

눌러앉은

어둠을 밀치고

정지문 열면

몇 날 전에

삶은 보리쌀 쉰내가

우리를 왈칵

밀어뜨리고 말았다

3부

운동장

눈 감으면
나는 아직도
넓고 아득한 운동장에
갇히고 만다
초등학교 입학식-
너무 넓어서
내 발걸음으로 다가서지도 못했던
운동장

　2월의 바람이 휘몰아 간 운동장에서 아이들은 십오 원하는 고무공을 따라서 이리저리 몰려가고, 추위도 잊은채 치마를 걷어붙이고 고무줄놀이하는 여자아이들이 보인다 소나무 장작이 타는 연기 자욱한 교실 창문에 기대서서 발꿈치를 돋우고 바라보던 운동장 추웠다 어쩌면 저운동장에 다가갈 수 없어서 나는 학교가 무서웠는지 모른다 운동장에 아이들이 가득했다 아이들은 춥지 않았다

토요일엔 공부가 일찍 끝났다 아이들이 다 떠난 운동장
으로 발걸음을 성큼 내딛어 보았다 동네 골목과는 다르
게 돌이 없는 흙은 부드러웠다 마을 고샅은 작은 돌들이
박혀 있어서 자주 넘어져 무릎을 깨 피가 났지만, 운동장
에서는 아무리 넘어져도 피가 나지 않을 것 같았다 아무
도 없는 운동장 한가운데 서서 하늘을 한 번 올려다보았
다 처음으로 넓은 운동장 한가운데 덩그렇게 혼자 서 있어
보았다 뒷동산이 커다란 괴물처럼 나를 내려다보고 있고,
다시 뒤를 돌아다보면 그보다 열 배 더 큰 적상산이 딱 버
티고 서 있었다 내가 자주 바라보았던 뒷동산과 적상산은
운동장 한가운데 서 있는 나를 무섭게 노려보고 있었다
금방이라도 달려들어 나를 운동장 한가운데에 때려눕힐
것 같았다 운동장은 한 번도 마음껏 달려 보지 못한 나를
언제나 무시하고 있었다

아이들은 틈만 나면 운동장으로 달려 나갔다 먼 발치에
서 바라보고 있는 나를 향하여 어서 달려와 보라고 손짓
을 했지만 그럴 때마다 슬그머니 고개를 돌렸다 상을 받을

때도 다른 아이가 대신 받아왔다 아주 큰 상을 받을 때는
어쩔 수 없이 내가 절룩거리며 상을 받아올 때도 있었다
상을 받는 것이 싫어서 글짓기 대회를 안 나가려고 했었다
그런 줄도 모르는 선생님은 자꾸 나만 대회에 참가시켰다

　전북 글짓기 대회에서 입상하여 무주 읍내 초등학교로
상을 받으러 갔다 하늘이 파랗고 높은 가을날이었다 나는
교감 선생님과 버스를 타고 중앙초등학교로 갔다 우리 학
교보다 두 배나 많은 학생이 운동장 가득 학년 별로 줄을
서 있었다 시상대는 내 키보다도 높았고, 손이 닿지 않아
서 의자를 하나 시상대 앞에 올려놓았다 많은 학생 탓에
긴장한 것도 있었고, 넓은 운동장을 바라보기만 하여도
나는 금방 온몸이 쪼글아들었다

　긴장해서 그런지
　몸과 다리가 말을 듣지 않았다
　의자에 올라서서 상을 받아야 하는데
　그 의자 위로 발이

올라가지 않았다
나는 몇 번이나 비틀거리며
올라서 보려고 했지만
끝내 올라서지 못하고 말았다
뒤에서 아이들 웃음소리가 크게 들렸다
내 몸은 아이들의 웃음소리에 놀라
아예 꼼짝하지 않았다
슬쩍 뒤를 돌아보았다

중앙초등학교 전체 회장을 맡고 있는 친구의 눈에 눈물이
반짝하고 빛났다 나하고 친구가 된 지 일 년이 조금 안 되었
다 교감 선생님의 눈을 바라보았다 선생님의 큰 눈에도 눈물
이 가득 고여 금방이라도 주루룩 흘러내릴 것 같았다 나도
모르게 주루룩 흘러내린 눈물을 소매로 쓱 문질러 버렸다

아이들이 떠난 운동장엔
바람이 사방을 쓸고 다녔다

버즘나무들이 빈 운동장을 지키고 있고
아카시아 향이 운동장을 가득 채우고 있었다
아이들이 뛰놀지 않는
그 운동장에
꿀벌을 갖다 놓은 지 사흘이 되었다
종일 꿀벌 소리만 윙윙거렸고
사람이라고는 아내와 나 단 둘뿐이었다
밤이 깊어 운동장 한가운데에 서서 별을 보거나
막 떠오르는 달을 바라보는 일
얼마나 오랜만의 일인지

한 번도 내 차지가 되지 못한 운동장을 나이가 들어서
다 차지한 것 같았다 뒤뚱거리며 뛰어보기도 하고, 풀밭에
누워 크게 소리를 쳐보다가 밤이 깊었다 이슬을 맞은 몸
이 조금 오싹했지만, 운동장을 처음으로 다 차지해 보는
쾌감으로 몸을 떨었다
달빛이 조심스럽게 다가와 운동장에 나와 나란히 누웠다

그믐달

그믐달 동동 띄워 새댁이 물동이 이고 갔다
낮은 추녀 끝에 머리를 낮추고 매캐한 흙냄새 맡으며
새벽 일 나가는 사내
고무신 끌고 나와 새댁이 손을 흔들고
실눈 뜨듯 그믐달이 떴다

만남

검은 머리 벗고
희미하게 웃는 여자
흘러간 시간 까마득해서
누구를 그리워한 것 같지도 않았네
몇 마디 건네는 듯 마는 듯
어질어질 멀어지는 여자
어질어질 되돌아오는 여자
너울가지 없는 재회가 시작되었네

맵싸롬한 물곳죽을

똥꼬낭골에서 개성금이나 참성금을 듬뿍 넣고 물곳 뿌
리로 이집 저집 죽을 끓여 먹었다 아이들도 바가지 가득
물곳죽을 먹었다 맵싸롬한 물곳죽을 먹는 날에는 이집저
집 똥간에 달려가다가 괴춤잡는 날이 잦았다

두 여인

최점순 씨는 호롱불 아래에서 밤마다
베틀에 앉아 바디질을 하였다
사방천지 눈발이 날리고
여기저기 구멍 난 문틈으로 냉갈스런 바람이 비집고
들어왔다
순흥 안씨 내 할머니는 건넌방에서
숨 가쁘게 콜록콜록 고뿔과 싸우다가
검은 문고리 떨어져라 잡아당겼다
할매는 그새 꼬빡 숨넘어갈 것만 같았다

흉년 끝에 가뭄

유월의 모지락스러운 땡볕 아래
보리까끄라기 툴툴 털고
호박잎에 수수밥 싸 먹는 날이 좋았다

배고파 우는 아이들의 입속으로
밀가루 풀떼죽 마구 밀어 넣었다
어른들은 쉰밥을 찬물에 말아 먹고
에둘러 용트림 한 번 하고 나면
질척질척한 맘으로 물크러지는 날이 많았다

진디근히 막걸리 한 사발 나눌 꿈은 없었다

다시 무궁화

어머니는 장독 위에 정한수를 올렸는데 그해 7월 그믐
날 정한수에 무궁화꽃이 피었다

나는 무궁화나무 껍질 잘 찧어서 만든 값진 종이에 긴
연서 쓰는 꿈을 꾸었다

산지당골

동자꽃은
풀숲에
가만히
잠들고

별 하나에
열 두씩 반짝이는
꿈을 꾸면서
외롭고
많이 배고프고
무료한 날

어느 굴밤나무
아래서 나는
껵껵 울었다
왜 우냐고

붉은 물봉선과
흰 물봉선도
하염없이
피고 지는
산지당골에
어수리꽃이 피었다

아버지께

아버지, 이 눈발이 그치고 나면 곧 따뜻한 봄이 올 것 같지요? 봄이 되면 또 농사일로 들녘이 부산해질 테고 그 들에서 아버지도 덩달아 분주히 다니셔야 할 터인데 아직도 기운을 차리지 못하면 어찌합니까

소주에 고춧가루 타 드시고 훌훌 독감을 물리치셨듯 그렇게 기운 차리고 다시 일어나셔야지요 십수 년 전 수술 받았던 그 병이 다시 도진 것 같다는 것을 저도 알고 있습니다 술과 담배를 줄이시라고 말씀드릴 때마다 아버지는 저를 못마땅해 했지요

올해 연세가 여든다섯이라는 것을 잊으시면 안 됩니다 근 일세기를 사신 분이 아직도 술을 과하게 드시니 자주 넘어지셔서 무릎이나 이마를 다쳐 들어오실 때마다 제 체면이 말이 아니었지요 아버지를 잘 못 모셨다고 동생들한테 책망을 들었고요 남들의 이목도 이목이지만 다치시면 당신이 고생되고 몸 상하시는 것 아니겠어요

설 전에 아버지의 머리를 깎아드리다가 갑자기 눈물이

나오는 걸 꾹 참았던 것은, 앞으로 몇 번이나 더 아버지의 머리를 깎아드릴 수 있을까 하는 생각이 들었기 때문이지요 언제까지나 제 손으로 아버지의 머리를 깎을 수 있도록, 온 세상에 봄기운이 넘쳐 만물이 소생하듯 그렇게 일어나셔요, 아버지

금년은 정축년 소의 해, 소띠인 아버지께서 일곱 번째 맞는 해가 됩니다 평생 농사짓고 살아오신 황소 같은 힘과 부지런함으로 아홉 남매를 키우신 아버지, 아버지가 황소라면 우리 아홉 남매는 아홉 마리의 송아지가 되겠지요 아버지께서 삼십대 초이었을 때, 2차대전 중인 일본에 징용으로 붙들려 가 죽을 고비를 넘긴 숨 막힌 얘기들도 밤이 새도록 들었잖아요 현해탄을 건너오다가 파도에 휩쓸려 죽을 뻔했던 그런 순간들을 어찌 우리가 상상이나 할 수 있겠어요. 원자폭탄으로 폐허가 된 히로시마를 두 눈으로 똑똑히 보았다는 아버지의 얘기를 우리는 무슨 재미있는 옛날얘기나 듣듯이 조르며 들었으니까요

6·25 때는 빨치산들이 밤마다 내려와 괴롭혀서 도망 다니느라 고생했던 순간들과 어린 새끼들 굶기지 않으려고 원산이나 함흥, 흥남으로 탄광 일 다니며 고생했던 일들을 우리는 늘 재미있는 옛날이야기쯤으로 들어왔었지요 그런 아버지 시절들을 자식들에게 알려주고자 하는 것은 지금 이 풍요로움이 거저 이루어진 게 아니라는 걸 알게 하고 싶은 뜻이겠지요

교통사고로 어머니를 먼저 떠나보내고 큰아들까지 땅에 묻고 난 후 아버지의 외로움을 옆에서 지켜볼 때마다 한편으로는 마음 아팠지만 유난을 떠는 아버지 모습이 몹시 싫었던 적도 있었습니다. 평소에 우리가 보아온 아버지가 아니었기 때문에 싫었던 것 같습니다. 아버지께서 어머니를 괴롭히고 마음고생시켰던 것과는 달리 아무 곳에서나 어머니를 잃은 슬픔으로 우시는 것을 볼 때 정말로 싫었습니다

어머니께서 사고를 당하게 된 원인도 아버지의 괴팍스런 성깔을 맞추려다가 빚어진 일이라는 생각을 했기 때문에

우리는 그런 아버지의 모습이 미웠던 건지도 모르겠습니다 이제 다 지나간 일이니 마음 쓰시지 말고 어서 기운을 차리십시오 그 많던 손자 중에 아버지가 처음으로 등에 업고 다녔던 손자놈이 올해 대학에 합격했습니다. 아버지의 손자 중엔 최초로 대학생이 된 것이지요 몸도 성치 않은 제가 어찌 벌어서 대학을 가르칠 요량이냐고 말씀하시지만, 어쩝니까 물려줄 땅과 재산은 없으니 지식이라도 배우게 해야지요

아버지께서 소아마비로 장애가 된 자식을 두고 늘 마음 아파하신다는 걸 당사자인 제가 왜 모르겠어요 죽어도 눈을 감을 수가 없다고 입버릇처럼 말씀하시는 이유가 무엇 때문인지 제가 왜 모르겠습니까 올해 제 나이가 벌써 마흔이 넘었는걸요 여태까지 별일 없이 살아왔고 앞으로 또 그만큼만 살아가면 될 터이니 아무 걱정 하지 마십시오. 애들 어미랑 열심히 살아갈 테니까요

아버지, 가까이에 봄이 오는 소리가 들리는 것 같지 않

으세요? 마른 나뭇가지에 물오르듯 아버지의 야윈 팔과 다리에도 뜨거운 피가 흘러서 온 세상에 새싹 돋아나오듯 아버지도 그렇게 방문을 열고 나오셨으면 좋겠습니다

올해에는 작년보다 두 배 세배 꿀벌이 늘어나 꿀을 많이 뜰 것 같은데 오셔서 꿀 뜨는 걸 참견하셔야지요 그 꿀을 팔아서 대학에 가는 제 아들, 아버지의 손자에게 학비를 보내줘야 아버지도 대학 나온 손자놈 보실 수 있을 것 아니겠어요

평생 농사지으셨던 전답에 또 씨앗을 뿌려 풍년 된 가을 들판을 보시지 않으렵니까 아버지의 생신일인 사월 초파일엔 적상산 안국사에도 올라가셔야 하고, 새로 뚫린 구천동 가는 길로 구경도 다니셔야 하지 않겠습니까 이 눈발이 그치고 따뜻한 봄이 오면 서둘러 우리 집에도 오셔서 아직 못다 한 옛날이야기를 더 들려주시지 않으렵니까, 아버지

덧글: 이 편지를 아버지께 전해드리지 못했다. 편지 쓰는

도중에 아버지는 눈을 감으셨고, 두 눈을 감을 수 없다는 말은 거짓말이었다. 아버지는 잠자는 것처럼 편안하게 눈을 꼭 감고 깊은 잠자리에 드셨던 것을 나는 똑똑하게 기억한다. 내 마음 한쪽이 아주 맑아졌다.

호미씻이

밀개떡이나
호박부침 부치는 날에는
서너 마장 떨어진
환갑 지난 황 노인과
중늙은이 김대술 씨
광대패 조민식과
그 졸개들 떼지어 왔다

애호박을
송송 썰어
부침개를 만들어
마을 입구 둥구나무 아래
풍악을 울릴 때는
물 건너
자작나무 숲 아래
황치봉 씨와 그의 아내 박금례도 건너왔다

오늘은 호미씻이 날
홀아비나
늙은 머슴 짝지어 주는 날
깊은 골짜기
계곡물 따라서
덜깨기 한 마리
저도 짝지어 달라고
꿩꿩 울었다

박점숙 씨

박점숙은 물푸레나무 도리깨에 맞아 까무러진 지 달포
가 되었다

서낭당 끝머리에 홀러덩 화전을 일군 지 어느덧 두 해
콩과 팥 고구마 감자 밀보리를 땅에 묻었다

땡볕 하늘에서 주먹만 한 우박이 우당탕퉁탕 떨어지고
곡식이 자라는 화전은 쑥대밭이 되었다

물푸레나무 잎이 다 떨어진 날이던가, 박점숙이 횃대에
목을 걸었다

아낙의 눈은

적상산 아래 사기점골 신작로 갓길에서 땟국물 주르르
흐르는 볼살 터진 얼굴로 아낙은 찐 옥수수를 팔았다 콧
물과 눈물범벅인 딸 얼굴에 파리 떼가 시커멓게 달라붙었
고 딸을 등짐같이 업은 아낙의 눈은 송아지 눈망울같이
맑았다 날은 어제처럼 또 지나갔다

4부

산새가 얘기를

노둣길 건너 깊은 숲에 사는 부처손이 조막손보다 곱게
모여 조곤조곤 바위를 감싸 안으면 산새가 얘기를 물어왔
다 열아홉 살 분순이는 도회지로 도망치려고 오늘 밤도 용
을 써대고 하얀 수염이 한자나 되는 도 씨 영감은 놋쇠 화
로를 팡팡 친다

저녁노을

팔순의 아버지 붉은 새털구름 속으로 솟구치며 새처럼
마냥 두 팔을 휘둘러대고 아버지보다 두 살 아래 어머니
개옻나무 밑에서 홀로 얼굴 붉히고 있다 저녁노을 어깨에
두른 山의 음성이 더디고 진디근하게 닿곤 했다

소쩍새

산지당에 별이 떨어지는 밤이었다
너댓 벌 헤진 저고리와 질끈 동여맨 가슴을 부르르 떨며
열일곱 살 말순이는 살그머니 돌담을 기어올랐다
아버지는 부러진 다리를 절며 비명을 질렀다
열다섯에 물나래지기골 김막돌에게 시집온 박복순은 담 넘어가는
말순의 치맛자락을 사정없이 잡아 끌었다

그밤, 먼 갈밭골에서 소쩍새 울음소리 깊었다

여름밤은 깊어지고

덕석을 펴고
비오리새 소리 들으며
저녁을 먹는다

적상산 밑자락 또랑에서
고동 서너 바가지 잡아
그 국물에 찬밥 덩어리 말아 먹었다
모두 탱자나무 가시로 고동을
쏙쏙 빼먹었다

어머니는 고동을
쏙쏙 빼서
할매 탕기에다
소복하게 담고,
보리밥과
땡땡한 조밥 덩어리뿐이어도

고동을
쏙쏙 빼먹고
잠들면
별빛이 개똥벌레로 날아다니는
꿈을 꾸었다

외갓집

　내가 한 번도 가본 적 없는 외갓집은 치목 싸리재를 넘어 다시 마산재 넘어 손가락 여섯 개인 마흔을 넘긴 작은 외삼촌이 두 살 위 과부와 빠꼼살이에 신난 언덕집을 지나서 두 마장 가야한다

　아버지와 어머니가 눈이 내리고 길이 막혀 이레 동안 동생과 팥죽만 먹었던 날 아홉 번 친정 다녀온 최점순 씨 말을 거들자면 외할아버지 전주 최씨 옹은 태어날 때부터 은밀한 곳에 주먹만 한 혹이 두 개나 달려 걸을 때나 뜀박질 때마다 왼쪽으로 쓰러져 넘어지곤 했다 혹부리 최 씨 외할아버지는 할머니가 둘이었다

　외갓집에는 할머니가 둘이고 우리 집에는 어머니가 둘이었다

싸락눈

하얀 싸라기눈 오래오래 내리는 밤

어무이, 참말로 흰쌀밥을 꼭 한번 배 터지게 먹고 싶으당게

까까머리 막냉이 아들에게 원 없이 밥해 먹이느라고
어름치바우골에 싸락눈이 싸락싸락 내리는 밤

떡갈나무 등걸에

황배기들 부자
송복만 씨 큰며느리가
입덧하느라고
열흘이나 밥숟가락 놓았다더니
무겁고 어지러운 몸이
한길 반이 넘는
흙돌담에서 떨어졌던 날
소달구지에 태워
삼십 리 읍내 의원으로 갔다

삼대독자 송 영감과
그 아낙이
눈을 까뒤집었다는 날
동네 어른들이
혀를 끌끌 차든 말든
우리는 자치기에 신바람 났고

황배기들 떡갈나무 등걸에

싹이 뾰족뾰족

올라오다 말았는지

저녁나절 내내

까마귀가 울어댔다

갈황색미치광이버섯

눈이 어두운 늙은이들은 물푸레나무 지팡이를 짚었다

갈맬골이며 먼 산을 둘러 비 몰고 오는 바람이
술에 취한 여자와 몸서리를 치다 말고
갈맬골에서 몸을 뒤척이는 동안에도

갈황색미치광이버섯 온 마을을 들쑤시고 간 뒤에
할미는 눈이 쪽 찢어진 늙은이의 손등을 어루만지다가
아장살이가 있는 장구배미 위에
이백 마디 뼛조각 넣어 두었다

기억 속의 풍경

당숙이 까치독사에 물려 읍내로 실려갔다
할머니가 호밋자루 밟고 넘어져 팔이 부러졌다
아버지가 주막집 얽둑배기에 밉보였는지 얼굴이 피떡이
되었다
어머니가 숯골 아장살이 돌무더기에 넘어져
금가락지 하나 주워 왔다

시커먼 먹구름 적상산 더듬어 오는 소리에
막내 복남이가 천둥 치듯 울고

봄날

잘 만난 것만큼
헤어지는 것도
살가워야 하리

산에 진달래꽃 피었다
아버지가 생전에
써둔 편지를
집 나간 어머니가 돌아와
숯골날망 양지바른 쪽에
꼭꼭 잘 묻어주던 날
소나무 그늘에
진달래꽃 피었다

뼈 아프고
슬픈 말에 차오르는
진달래꽃

아버지 무덤도

그리

슬프지 않은

봄날

진달래꽃 피었다

새 한 마리의 상황

　요즘 부쩍 산山 까치가 마을에 내려와 날아다닌다 사람
들이 가꾸어 놓은 곡식이나 과일을 마구 쪼아 먹는다 한
두 마리가 아니라 떼로 우르르 몰려 와 이 나무 저 나무
날아다니며 열매를 사정없이 쪼아 먹는다

　제비가 마을에 날아오지 않게 된 지도 벌써 십수 년이
되었다 처마 밑에 집을 짓고 모내기할 때쯤 새끼들이 먹이
를 받아먹으려고 크게 입을 벌렸다 용띠나 뱀띠 사람이 있
는 집에는 제비가 살지 않는다는 속담도 제비도 우리 곁에
서 사라진 지 오래다 마루 끝에 제비똥이 하얗게 떨어져
귀찮아했던 옛날이 그립다 먹이가 풍족하지 않은 마을에
제비가 살지 않는다 먹이가 풍족하지 않은 상황이 어디서
비롯된 것인지를 나는 알면서도 모른다

　참새는 곡물을 좋아하고 멧새는 잡초의 씨를 좋아하며
도토리를 좋아하는 새로는 어치이고 감이나 배 등을 즐겨

먹는 새는 직박구리와 물까치다 벌써 가을이다, 단풍이 산
꼭대기에서부터 내려오기 시작한다 그런데 이 좋은 계절
에 새 한 마리가 죽었다 유리창에 머리를 들이받아 한 방
울의 피를 흘려 놓고 죽었다 둔탁한 소리가 나서 밖에 나
가 보았더니 뜨락에 한 마리의 새가 죽어있었다 죽은 새의
몸이 아직 따뜻했다 콩새였다

　　새의 털은 아직도 제 빛을 내지 않는 걸로 봐 금년에 태
어난 새끼이리라 새가 유리창을 몰라보고 날다가 유리창
을 들이받혀 죽는 세상은 누가 만든 것일까 이런 세상이
싫어서 콩새는 자살을 택한 것은 아닐까 내 마음이 서늘
해졌다 사람이 새보다 영물이라서 자살을 택하지는 않았
으리라 하루에도 많은 사람이 자살한다는 말을 들을 때
도 새가 코앞에 죽어서 있을 때처럼 마음 아팠다

별들을 총총 닦아서

개똥벌레 쫓아다니던 아이들
모기 물린 다리 뒤척거리며 잠이 들었다

호박꽃
송이마다
음력 칠월
보름달이
맨몸을
들이밀었다

최점순 씨는 서방과
솔갱이 불이 다 타드락
다투다가
뒷방에 들어가고

오줌 마려워
잠에서 깬 나는
마루로 튀어나와
토방에 오줌발 세웠다

별들을
총총 닦아서
적상산 하늘에
내거는지
안국사 여승의 염불 소리가
별처럼
빛나곤 했다

나비 문양에 적힌 한(恨)의 시학

이병초(시인, 문학평론가)

1.

이봉명 형님

구월 중순을 넘도록 폭염경보가 내리던 땅에 시월이 되
니 앞산 뒷산이 맑고 날이 서늘해졌습니다. 하늘이 더 없이
맑아졌고요. 지난여름은 무덥고 지루했습니다. 밤의 기운조
차 잊어먹은 무더위는 열대야란 명패를 달고 2024년 9월 20
일까지 에어컨 없이는 잠들 수 없는 문명적 곤고를 낳았습
니다. 해마다 여름이면 두세 개가 들이닥치던 태풍조차 비
껴가는 자연현상을 사람들은 서운해할 정도였습니다.

그러나 형님의 시집 『모닥불』을 만난 순간 제 사정이 조금

달라졌습니다. 가을이란 말에 붙은 귀뚜라미 소리며 추석秋夕이란 말이 무색하게 연일 폭염이었어도 『모닥불』에 침잠해 가는 매 순간 제 마음은 평온해졌습니다. 형님의 적상산 시편을 읽다가 저는 꽤 자주 창밖에 눈길을 주곤 했습니다. 날이 가물어 마당엔 풀조차 성한 게 없었지요. 그런데 어떤 날에는 폭염 속을 날아가는 노랑나비 한 마리를 만나기도 했어요. 상추며 고추가 타 죽은 텃밭머리를 지나서 제 마음속으로 날아오곤 했습니다.

나비의 문양엔 폭염이 묻어 있지 않았습니다. 문명이며 소외, 비극적 인간사 이딴 것과 거리를 둔 나비의 태깔은 고왔습니다. 그의 날갯짓은 살가웠습니다. 시집 『모닥불』 속에서 삶의 여러 형상을 지어내도록 유도하는 게 나비였을까, 잠시 골똘해지기도 했고요. 시편들 속에 나비라는 단어가 비치지는 않았습니다만- 삼베적삼, 뭉텡이, 아장살이, 풀떼죽, 솔갱이, 덜깨기 등등의 토박이말이 더 자주 비쳤습니다만, 창밖에 눈길을 줄 때면 나비가 눈앞에 어른거렸습니다. 시집 속에서 사람다움의 형상을 짓던 나비가 시집 밖으로 마실 나온 게 아닐까, 제 마음이 설레기도 했지요.

나비는 멀리 날아가지도 않고 담 밑에서 날로 시퍼레지

97

는 구절초 주위를 팔랑팔랑 맴돌았습니다. 제 눈길은 줄곧 그 뒤를 따라다녔고요. 농경사회에서 산업화 시대로 정보화 시대로 넘어가는 시점에 저는 서 있지만- 이런 게 삶이 아닐까, 나비처럼 우리는 살 수 없을까를 생각하다가 저는, 형님이 나비였음을, 나비 문양이었음을 알아차렸습니다. 전북 무주군 적상산 근처의 삶을 요모조모 살피며 사람의 숨결, 숨결들을 껴안는 이봉명 나비. 하지만 눈길을 거두면 저는 금세 폭염 속으로 돌아왔습니다. 시편들에 차려진 언어의 성찬 속을 가로막는 폭염, 저는 나비를 까먹고 구월 중순의 무더위를 심하게 앓았습니다.

2.

형님, 일상과 다르게 시 속의 세계는 평화롭습니다. 풍요로움이며 호기로움과 거리가 있는 가난의 민낯, 그러나 산동네의 적막감도 더는 서럽지 않습니다. 형님 기억의 토막들로 읽히는 적상산 시편들, 어제에 머물지 않고 오늘로 재생된다는 뜻을 획득한 시어들은 살뜰했습니다. 산동네, 농사꾼, 갈수록 인적이 끊어지는 적막감이 시의 발화점이지만 사람의 체온을 간직한 시편은 '진디근한' 생명력을 가졌습니다. 형님의 시편은 문명적 회로에 감겨 시행의 앞뒤 문맥을 고의로 훼손하는 요즘 시들과 분명한 거리를 두고 시의 새 길을 모색하고 있는 것입니다. 여기에 시어들과 시 속의 행위가 맞물려서 새 형상을 얻는 메타언어의 면모는 한국시의 미래를 보여줌에 손색이 없습니다.

> 잘 만난 것만큼
> 헤어지는 것도
> 살가워야 하리
> 산에 진달래꽃 피었다
> 아버지가 생전에
> 써둔 편지를
> 집 나간 어머니가 돌아와
> 숯골날망 양지바른 쪽에
> 꼭꼭 잘 묻어주던 날
> 소나무 그늘에
> 진달래꽃 피었다
>
> — 「봄날」 부분

형님, 시적 장치 따위에 간섭받음이 없는 시의 행로가 정갈합니다. 시는 아버지의 죽음보다 "집 나간 어머니가 돌아와" 필시 유서였을 아버지 편지를 읽어보는 행위를 먼저 보입니다. 아버지 무덤 곁일 "숯골날망 양지바른 쪽에" 편지를 땅에 꼭꼭 묻어주는 행위로 시선을 끌어당깁니다. 그리고 진달래꽃, 여기에 시상을 집중시킵니다.

집 나간 어머니가 돌아와 남편의 죽음을 접하고 그의 유서를 읽는 행위는 이 시에서 가장 압도적입니다. 어떤 이유로 어머니가 가출했는지, 아버지가 쓴 편지엔 어떤 사연이 적혀 있는지는 시에 드러나지 않습니다. 그러나 시는 진달래꽃을 피웁니다. 시의 내용은 평탄해 보이지 않는데 시상은 고요합니다. 따뜻합니다. 자연현상에 불과한 진달래꽃이 식물성으로만 읽히지 않습니다. 아버지의 죽음과 유서, 가출했던 어머니, 그 유서를 땅에 묻는 행위 등이 맞물려져서 진달래꽃이 피는 순간- 시에 한恨이 생성되기 때문입니다. 이 한은 국어책에서 배운 "이별의 정한"이 아니라 삶에 맞물려 있는 비극성을 껴안는 화해이자 끝끝내 삶을 사랑한다는 시의 웅숭깊은 숨결입니다.

세간에 알려진 것과 다르게 한恨은 원망 섞인 비탄이 아닙니다. 슬픔과 분노와 노여움이 뒤엉켜 있을 때는 한이 생성되지 않습니다. 삶의 원통 절통한 사연을 넘어선 뒤에라

야 생성되는 정서, 사람을 살도록 유도하는 차원 높은 지혜가 한恨이기 때문입니다. 한에 슬픔이 내재된 것은 사실이지만 원怨과는 차원이 다릅니다. 동학혁명의 떼죽음, 일제가 벌인 만행, 6·25의 떼죽음, 보릿고개와 유신독재와 80년 5월 광주로 이어지는– 근현대사의 비극에 납작 깔린 오늘을 견디게 하는 삶의 동력이자 윤리적 조절 장치가 한恨입니다. 역사의 피해자일 수밖에 없는 모두가 정의에 굶주려 절망에 갇혀 있을 때 그 절망을 넘어서고 싶은 욕망을 생성시키는 정서. 이것이 우리 정신문화의 원천적 뿌리인 한恨으로 이해됩니다.

형님, 「봄날」에는 오랜 시간 쓸개 간장이 녹아나는 고된 행로를 통과하면서 원망이 한으로 숙성되는 과정이 나타나 있지 않습니다. 그러함에도 저는 한을 느낍니다. 이 시는 이 땅 누구의 삶인들 서럽지 않겠냐는 듯 "잘 만난 것만큼/ 헤어지는 것도/ 살가워야 하리"의 첫 연을 다시 읽도록 유도합니다. 그 자리에도 진달래꽃이 피어납니다.

늙은 굴참나무 사이로 찬찬히 봄비가 내린다
스무 살 새댁은 돌배기 안고 무작정 비를 맞는다
삼베적삼은 온몸을 끌어안고 지긋이 비틀리고

재수없게시리 오래된 굴참나무 가지에서 까마귀 울었다
새댁 왼쪽으로 쓰러져 비를 맞는 아이는
가만가만히 어미의 젖을 만지고 있다
  ―「오래된 굴참나무도 비에 젖는다」 전문

　형님, 이 시에도 새댁의 속내가 드러나지 않습니다. 젖먹이를 안고 비에 젖는 새댁의 모습과 어미 젖을 만지고 있는 돌배기, "재수없게시리 오래된 굴참나무 가지에서 까마귀 울었다"라는 진술만 있을 뿐입니다. 어떤 억장 막히는 사연이 새댁에게 다녀갔는지를 독자의 상상에 맡기는 것입니다.
　스무 살 새댁에게 다녀간 사정이 혹독했을 것 같습니다. 그녀가 넋이 나간 듯 비를 맞을 수밖에 없는 이유가 친정집 사정 때문인지 돌배기 아빠에게 들이닥친 불행 때문인지는 아직도 알 수 없습니다. 시의 정황으로 볼 때 새댁이 일방적으로 당하기만 했을 혼란은 지나간 듯 보입니다. 하지만 아직 원怨의 감정은 남아 있겠지요. 돌배기를 안고 비에 젖는 새댁의 처지가 붓질 마르지 않은 수묵화처럼 짙게 다가옵니다.
　형님, 비워냄의 미학이 이 시의 본래라고 이해됩니다. 인물의 겉모습만 짧게 제시한 시의 안팎에 한스러움의 빛깔이 묻어납니다. 새댁은 봄비를 맞으면서 속에서 천불이 나는 사정을 견디고 있으리라 짐작됩니다. 이 슬픔은 꽤 오랜 시간 새댁을 서럽게 할 것입니다. 천재지변에 산사태가 나고 들짐승 날짐승들 거처가 폐허가 되고 더러 그들이 떼로 죽는 참변을 대자연이 묵묵히 견디듯 새댁도 슬픔이 내면화되는 시간을 가질 것입니다. 이런 면에서 시와 사람은 대자연 속의 뭇 생명들과 진배없습니다. 산천에 터를 잡은 무수한 생명들은 실물로 살아있다가 시간이 다하면 대자연의 품으로 돌아가 숨을 보탭니다. 이 시도 그렇겠지요. 새댁에게 들이닥친 사연도 한恨으로 승화되는 시간을 거쳐 산천의 생명들처럼 살아있다가 때가 되면 대자연의 질서에 융화되겠지요.

　하지만 형님, 새댁의 처지를 껴안는 시의 품에 한스러움의 빛깔이 묻어납니다. 시는 사람의 얘기이므로 그렇겠지요. 새댁에게 다녀간 사연을 세세하게 보여주지 않고 까마귀 울음소리로 감춰버린 비워냄의 미학은 세련된 언어 감각으로 돋을새김됩니다만, 아직 한恨으로 승화되지 못한 여백의 빛깔은 서럽습니다. 삶의 본심이 서러움만은 아닐 것이기에, 삶의 본심을 한으로만 설명할 수도 없는 노릇이기에 여백의 빛깔이 더 다가오는지도 모릅니다. 이 시는 쓸개 간장이 녹아들 새댁의 시간이 언제 아름다워질지 모르겠다는, 그러나 그것도 삶의 미학이라는 수묵화 한 폭을 얻습니다. 시의 상황을 냉정하게 생략한 비워냄의 미학은 「총총 빛나는 별들에」, 「제삿날 밤에」, 「그믐달」, 「저녁노을」 등에서도 엿보입니다. 시인이 시현실에 간섭함이 없고 언어의 군살을 제거한 깔끔한 시상은 삶에 필연처럼 따라붙는 비극성을 한恨 또는 한스러움의 빛깔로 껴안습니다.

3.

형님, 인간사에 슬픔만 있는 것은 아니지요. 일상은 뜻하지 않은 데서 웃음보가 터지기도 합니다. 이것을 우리는 해학이라고 부릅니다. 찬찬하고 고요한 시편들도 시를 읽는 맛을 더해 주지만 일상의 구겨짐을 해맑게 펴주는 개구짐도 시 읽는 맛을 돋우는 중요한 요소인 셈이지요. 한恨이 슬픔을 내재한 웅숭깊은 삶의 지혜라면 해학諧謔은 지루하게 반복되는 일상을 살맛 나게 만드는 언어적 장치입니다.

물푸레나무 푸른 날에 새우들이 긴 수염을 쭉 빼고
산동네 사돈의 팔촌까지 부엌과 토방문을 삐그덕 열었다
햐, 됫박으로 잡아왔구나, 이따금 뇌깔스러운 여자의 소리
너머 궁색하게 뒷간문 두드리는 소리도 들렸다

오늘처럼 홀시어미와 머리끄댕이 뽑아 들고 코피 터진 날
에는 너나 가릴 것 없이 줄을 서서 풀대기에 끓인 새웃국을
바가지째 들이마시며 종일 막걸리를 찾아도 좋았다
　가끔 모가지를 꼿꼿이 치켜올리고
　빳빳하게 꼬장을 꺼내어
　빨랫줄에 널어 말리곤 하였다
- 「뇌깔스러운」 전문

시에 생동감이 넘칩니다. 새웃국을 나눠 먹는 시어머니와
며느리의 표정에 구겨짐의 표정이 지워졌습니다. 홀로 된 시
어머니와 며느리가 서로 머리채 붙들고 한다래끼 단단히 벌
인 날에 누군가가 새우를 됫박으로 잡아왔습니다. 그것을
흔한 푸성귀 넣고 끓여대자 동네 사람들이 모여들고 방금
한다래끼 단단히 벌인 시어머니와 며느리는 싸운 일을 금세
잊어먹은 듯 새웃국을 맛있게 먹습니다.

토하 또는 징거미새우가 대부분일 새우를 누군가는 "됫박
으로 잡아왔구나"하고 뇌깔스럽게 한 마디를 거듭니다. '뇌
깔스럽다'는 성깔 사납게 정도의 뜻으로 읽히는데 이 단어
는 시의 앞뒤 정황에 안 맞습니다. 입이 궁금하던 차에 누군
가 새우를 됫박으로 잡아왔으니 이는 반갑고 고맙게 맞아
들일 일입니다. 그런데 뇌깔스럽게 쏘아붙이다니요. 하지만

이런 언사는 시골 동네에 흔하기 마련입니다. 그러므로 발화 상황의 앞뒤를 따지지 않고 냅다 쏘아붙이기부터 하는 언사는 흠이 되지 않고 "정을 푸지게 하다"로 읽히는 게 시의 문법입니다. 뇌깔스러운 언사는 똥이나 먹으라는 듯 누군가가 뒷간 문을 두드리고, 그러는 동안에 새우탕이 끓습니다. 동네 사람들은 푸성귀 넣고 끓인 새우탕을 맛있게 먹습니다. 시어머니 성깔인지 며느리 성깔인지는 모르겠지만 독이 바짝 오른 듯 꼬장부리고 싶은 속내를 빨래에 빗대는 행위도 새웃국 먹는 이들의 입가에 미소를 띠게 합니다. 풀대기 새웃국을 안주 삼아서 "종일 막걸리를 찾아도 좋"기 때문입니다.

형님, 이 시의 주인공은 평범한 사람들입니다. 잘난 사람도 아니고 부자도 아닌 자연의 시간에 몸을 맡긴 순박한 사람들입니다. 형님은 이들을 시의 전면에 내세우곤 합니다. 그리고 형님은 나비가 되어, 나비 문양이 되어 이들이 엮어낸 삶의 행위를 관찰합니다. 사람다움의 자리를 넓힙니다. 천민자본주의의 세상에 '부자'라는 말은 삶에 대한 모욕이자 치욕이라는 듯 나비의 날갯짓은 유연합니다. 이웃들끼리 너나들이로 사는 게 삶의 참다움이 아니겠냐는 시상은 찰집니다.

잘나고 똑똑한 이들의 삶보다는 평범한 이들의 개구진 행위에 애착을 보이는 시편은 「모닥불」에도 여실히 드러납니다.

고주배기 밤나무 썩은 밑둥이며 도끼에 찍히다 만 솔갱이들을 몽땅 끌어다가 불이 붙었다 검은 연기 뿜어내며 불길이 활활 타오른다 검은 연기 빠져나간 뒤 솔갱이끼리 붉게 어울려 이글거리는 불, 핏기 가신 동백꽃처럼 예쁜 불, 꽃불
짝눈이 동철이, 몽당모가지 철근이, 길 가다 자빠져 팔 부러진 기광이 메주콩 주워 먹고 배탈 난 얼굴로 모닥불 앞에 앉았다
동철이 동생 봉분이가 꼬시랑 머리 태우며 쪼그라진 양은 냄비에 콩을 볶았다 불이 붙어서 타오르는 고자배기 부지깽이로 잉걸불을 쑤석거릴 때마다 불꽃이 튀어올랐다 불꽃은 불티로 삭지 않고 부엉새 우는 밤에 별이 되리라
모닥불에 비친 얼굴들이 탈바가지를 뒤집어쓴 것 같았다
– 「모닥불」 전문

모닥불 앞에 모인 얼굴들이 정겹습니다. 짝눈이, 몽당모가지, 팔이 부러진 기광이까지 "메주콩 주워 먹고 배탈 난 얼굴로" 모였으니 이거 참 구경할 만하게 되었습니다. 모닥불을 쬐며 무슨 얘기가 오갔는지 시에 나와 있지는 않지만 서

로의 모양새를 서로가 트집 잡으며 고소해했을 것 같습니다. 나무토막들만 타는 게 모닥불이 아니라 개구진 얼굴들이 불빛에 비쳐 탈바가지를 뒤집어써야만 모닥불이라는 듯, 나비 형님의 또래들이 모닥불에 뽀짝거리는 정취가 시의 활력을 돋웁니다.

밤나무 밑둥이며 도끼에 찍히다 만 솔갱이들에 불이 붙으면 그 열기가 대단할 텐데 그 뜨거움을 잉걸불로만 놔두지 않고 "핏기 가신 동백꽃처럼 예쁜 불"로 '꽃불'로 내세운 언술에 시행의 안팎이 훈훈해집니다. 혼자서 이룰 수 없는 불이 모닥불임을 모르는 이는 없지요. 나무토막이란 나무토막이 죄다 모여 한꺼번에 타오르는 불. 일상의 용도로는 아무짝에도 쓸 수 없는 땔감들이 타오르며 지글거리는 불. 힘은커녕 눈치코치도 없어 보이는 못나 빠진 것들이 제 몸을 태우며 이글거리는 불. 일상에 함부로 멸시당하고 무시당한 천덕꾸러기들의 머리카락까지 태워 밤을 지글지글 밝히는 불. 언젠가 꼭 한 번은 붉게 이글거리는 눈동자로 뜨겁게, 무섭게, 통쾌하게 못난 세상의 끝을 봐버리고 싶은 불.

형님, 50여 년 전의 그 밤에 "고자배기 부지깽이로 잉걸불을 쑤석거"리며 불꽃이 튈 때마다 "불꽃은 불티로 삭지 않고 부엉새 우는 밤에 별이 되리라'라는 기대감은 어찌 되었을까요. 그 밤을 함께 했던 벗들, 가난해서 학교도 제대로 못 다니고 대도시로 뿔뿔이 흩어졌을 벗들은 어디에서 별처럼 빛나고 있을까요. 아직도 형님 가슴 속에는 그날 밤의 불꽃이 툭툭 튀어 오를까요.

이 시에 등장한 인물들도 평범한 소년들입니다. 이들의 표정을 흙 빛깔로 빗대도 무리가 없을 만큼 천진성이 묻어나는 표정들입니다. 하지만 이들의 역할은 시에 등장한 것으로 그치지 않습니다. 쪼그라진 양은 냄비에 콩을 볶던 '봉분이'며 '짝눈이' '몽당모가지' '기광이'는 50년 전의 모닥불 피웠던 밤으로 살아옴과 동시에 왜 지금 우리는 그 밤처럼 정다울 수 없는가를 묻기 때문입니다. 이제는 누구도 소년기로 돌아갈 수 없다는 말을 이 시는 듣고 싶지 않습니다. 중장년을 벗어버리고 또래들과 모닥불 피워놓고 밤을 즐기자는 철딱서니 없는 말이 되레 시에 더 가까워 보입니다. 가난했어도 사람의 자리가 지금보다 훨씬 넓었던 시절은 모닥불이 되어 각자도생이라는 말을 이글이글 지워버리고 싶은 시의 욕망으로 피어납니다. 살아갈수록 허망해지는 삶의 자리, '우리'라는 말이 갈수록 퇴색하는 삶의 자리에 모닥불이 피어날 것 같지는 않습니다. 그러나 시 속에서 모닥불은 활활 타오르고 있습니다. 모두가 타인이 되어가는 오늘의 실체가 무엇인가를 끊임없이 되짚어 보는 것입니다.

4.

그동안 형님이 보인 시는 산동네 일상의 사실에 토대를 두었으므로 왜곡된 형상을 강요하지 않았습니다. 현대인의 불안한 정서를 동어반복의 피곤한 회로로 감아 보인 적이 없고 텅 빈 기표에 불과한 휘발성 언표도 없었습니다. 주체와 대상 간의 접촉 거기서 촉발되는 시의 발화점으로부터 언어에 색깔을 입히는 이미지의 펼침, 종결어미에까지 세심하게 공력을 들인 시들을 선보였지요. 요번 시집에서도 이런 언어의 촉수는 여전히 빛납니다. 시집 『모닥불』의 한 특징으로 요약되는 산문시들도 이봉명 나비의 언어 감각을 튼실히 뒷받침하면서 서정시의 범주를 확장합니다.

눈 감으면
나는 아직도
넓고 아득한 운동장에
갇히고 만다

초등학교 입학식-
너무 넓어서
내 발걸음으로 다가서지도 못했던
운동장

2월의 바람이 휘몰아 간 운동장에서 아이들은 십오 원하
는 고무공을 따라서 이리저리 몰려가고, 추위도 잊은 채 치
마를 걷어붙이고 고무줄놀이하는 여자아이들이 보인다 소
나무 장작이 타는 연기 자욱한 교실 창문에 기대서서 발꿈
치를 돋우고 바라보던 운동장 추웠다 어쩌면 저 운동장에
다가갈 수 없어서 나는 학교가 무서웠는지 모른다 운동장에
아이들이 가득했다 아이들은 춥지 않았다
　토요일엔 공부가 일찍 끝났다 아이들이 다 떠난 운동장으
로 발걸음을 성큼 내딛어 보았다 동네 골목과는 다르게 돌
이 없는 흙은 부드러웠다 마을 고샅은 작은 돌들이 박혀 있
어서 자주 넘어져 무릎을 깨 피가 났지만, 운동장에서는 아
무리 넘어져도 피가 나지 않을 것 같았다 아무도 없는 운동
장 한가운데 서서 하늘을 한 번 올려다보았다 처음으로 넓
은 운동장 한가운데 덩그렇게 혼자 서 있어 보았다 뒷동산
이 커다란 괴물처럼 나를 내려다보고 있고, 다시 뒤를 돌아
다보면 그보다 열 배 더 큰 적상산이 딱 버티고 서 있었다 내
가 자주 바라보았던 뒷동산과 적상산은 운동장 한가운데
서 있는 나를 무섭게 노려보고 있었다 금방이라도 달려들어

나를 운동장 한가운데에 때려눕힐 것 같았다 운동장은 한
번도 마음껏 달려 보지 못한 나를 언제나 무시하고 있었다

  아이들은 틈만 나면 운동장으로 달려 나갔다 먼 발치에
서 바라보고 있는 나를 향하여 어서 달려와 보라고 손짓을
했지만 그럴 때마다 슬그머니 고개를 돌렸다 상을 받을 때
도 다른 아이가 대신 받아왔다 아주 큰 상을 받을 때는 어
쩔 수 없이 내가 절룩거리며 상을 받아올 때도 있었다 상을
받는 것이 싫어서 글짓기 대회를 안 나가려고 했었다 그런
줄도 모르는 선생님은 자꾸 나만 대회에 참가시켰다

  전북 글짓기 대회에서 입상하여 무주 읍내 초등학교로 상
을 받으러 갔다 하늘이 파랗고 높은 가을날이었다 나는 교
감 선생님과 버스를 타고 중앙초등학교로 갔다 우리 학교보
다 두 배나 많은 학생이 운동장 가득 학년 별로 줄을 서 있
었다 시상대는 내 키보다도 높았고, 손이 닿지 않아서 의자
를 하나 시상대 앞에 올려놓았다 많은 학생 탓에 긴장한 것
도 있었고, 넓은 운동장을 바라보기만 하여도 나는 금방 온
몸이 쪼글아들었다

  긴장해서 그런지
  몸과 다리가 말을 듣지 않았다
  의자에 올라서서 상을 받아야 하는데
  그 의자 위로 발이
  올라가지 않았다

112

나는 몇 번이나 비틀거리며
올라서 보려고 했지만
끝내 올라서지 못하고 말았다
뒤에서 아이들 웃음소리가 크게 들렸다
내 몸은 아이들의 웃음소리에 놀라
아예 꼼짝하지 않았다
슬쩍 뒤를 돌아보았다

　중앙초등학교 전체 회장을 맡고 있는 친구의 눈에 눈물이
반짝하고 빛났다 나하고 친구가 된 지 일 년이 조금 안 되었
다 교감 선생님의 눈을 바라보았다 선생님의 큰 눈에도 눈물
이 가득 고여 금방이라도 주루룩 흘러내릴 것 같았다 나도
모르게 주루룩 흘러내린 눈물을 소매로 쓱 문질러 버렸다
　　　　　　　　　　　　　　　－「운동장」 부분

　자신의 어린 날과 만나는 일이 꼭 즐거운 것만은 아닙니
다. 현재로 호출하고 싶은 따뜻한 기억보다도 몽땅 지우고
싶은 기억이 더 많을 수도 있기 때문입니다. 가난과 관계된
기억은 마음을 흐려놓기 일쑤입니다. 무밥 시래기밥으로 환
기되는 시절은 코흘리개의 눈길에 묻어 있는 노랑나비의 문
양마저 어둡게 색칠해 버리곤 합니다. 아쉽습니다. 그러함에

113

도 모두의 '나'는 어린 시절로 돌아가곤 합니다.

형님이 운동장과 만난 날도 아쉬움으로 가득합니다. 운동장에서 맘껏 뛰어놀고 싶은 속내가 "운동장은 한 번도 마음껏 달려 보지 못한 나를 언제나 무시하고 있었다"로 귀결되는 언술은 모두의 눈길을 운동장으로 쏠리게 합니다. 입학 때부터 졸업 때까지 교실에서 운동장을 내다볼 수밖에 없었던 형님의 마음에 "소나무 장작이 타는 연기"가 자욱했을 것 같습니다. 또래들이 집으로 흩어진 뒤에 서 보았던 운동장, "아무리 넘어져도 피가 날 것 같지 않은 운동장에" 혼자 덩그렇게 서 있던 날에 시상식이 겹쳐집니다. 무주 읍내에 있는 타 초등학교에 가서 큰상을 받는 날의 정황, 끝내 시상대에 오르지 못하고 소매로 눈물을 훔치는 야속한 정황은 시 울림이란 말을 머리에 이고 은은한 메아리로 세상에 번져갑니다.

시의 메아리는 감동만으로 다가오지 않습니다. 즐거운 일만 추억이겠냐고, 아예 지워버리고 싶은, 뿌리째 뽑아버리고 싶은 기억들도 성장통이란 회로에 섞여 '나'를 살리지 않았냐고도 묻습니다. 그러므로 이 시의 울림은 시상대 위에 끝내 오르지 못한 한 개의 상황에 그치지 않고 자기 그리움의 막바지를 경험한 모두의 오늘로 재생됩니다. 자기 그리움의 막바지를 맵짜게 놔줄 수밖에 없었던 서사의 무늬와 농도는 그리움의 한계를 뛰어넘고 싶던 그날의 욕망을 현재로 재생시킵니다. 유폐幽閉된 어제가 돌연 삶의 빛깔을 띠고 꿈틀거립니다. 가슴 속에 묻어둔 불씨가 눈을 틔웁니다. 아직 아무것도 끝난 게 없다는 듯 시의 울림에 간직된 메아리는 은은합니다. 삶을 껴안은 한恨의 무늬이기 때문일 것입니다.

형님, 시가 왜 예술인지 우리 삶에 시가 어떤 소용에 닿는지는 쉽게 설명되지 않습니다. 그러나 냉정하게, 어쩌면 표독스럽게 자신의 불행을 객관화한 형님의 시정신은 누구에게든 설명할 수 있습니다. 띠 뿌리, 싱건지풀, 왕바랭이를 씹어 먹으며 배곯는 날이 더 많았던 '우리'의 기억, 늙지도 지워지지도 않는 기억을 현재의 욕망으로 해석해서 시詩의 문법으로 감싸고 어루만진 이봉명 시의 언어미학도 설명할 수 있습니다. 평생을 절뚝거렸기 때문에 시를 쓸 수 있었던 게 아니라 자신의 불행을 타인의 눈으로 냉철히 지켜볼 줄 아는 용기가 있었으므로 시를 쓸 수 있었다는 것까지요. 시에 대한 이런 치열성은 시가 왜 예술인지 설명할 수 있는 근거가 되고 삶에 내재한 비극성까지를 언어미학으로 펴 보인

「시인의 아내」와 「아버지께」를 쓸 수 있는 창작 동기를 발효시켰다고 생각됩니다.

언어의 숨결과 맥박을 받아 이루어진 몸이 시의 본래임을 말하기 전에 주관적 정서의 객관화가 시의 첫걸음임을 확인하듯 「운동장」은 끝 행까지 형님과 '나'의 객관적 거리가 유지됩니다. 그러므로 늘 바라보기만 했던 운동장을 다 차지한 날, 달빛이 "조심스럽게 다가와 운동장에 나와 나란히 누"울 수 있습니다. 시의 밑그림인 한恨의 빛깔까지요.

5.

형님, 저는 『모닥불』을 읽으면서 나비를 만났습니다. "당골네 굿판이 원 없이 쏟아"지던 날에도(「그 겨울밤」) 한쪽 다리를 절었던 나비, 벗들과 감자 서리를 해 먹던 나비, 주막집에 갔다가 얽둑배기 주모에게 밉보여 아버지가 피떡이 되었던 날을 자유롭게 날아다니는 나비, 그 나비 문양은 사람들 곁에서 가만가만히 반짝였습니다.

나비는 자유를 뜻하겠지요. 사람다움에 관심을 가진 표시이고요. 이봉명 나비는 때로 햇살과 바람과 시냇물 소리를 입고 "지금까지 나를 존재케 한 삶의 동력은 돈이 아니라 사람이다. 키가 작고 못생겼어도 가진 게 없어도 나를 사람으로 대접해 준 이들이 있었으므로 나는 생존할 수 있었다. 그런 살뜰한 이들과 만나고 헤어지는 그리고 또 새 인연을 맺는 관계의 연속성 속에서 나는 존재한다."라는 문양을 건네곤 했습니다.

그 문양에 어린 시들이 「비 그친 뒤에」, 「말복」, 「덜깨기」, 「이웃들」, 「가을은 더 슬프지 않았다」, 「맵싸롬한 물곳죽을」, 「호미씻이」, 「아낙의 눈은」, 「외갓집」 등입니다. 나비는 슬픔과 익살스러움이 한몸으로 엉겨 있는 일상 위를 날아다니며 시가 왜 사람의 얘기인지를 문양으로 그려냈습니다. 배고팠던 시절의 단어와 단어가 어울려 새 뜻을 얻는 나비 문양은 명백하게 오늘을 향하고 있었습니다. 불행한 역사와 불행한 시대에 핍박받는 삶을 진득근하게 껴안는 한恨이 배어 있을지언정 정보와 돈을 신앙처럼 모시고 사는 천민 자본의 색채가 묻어 있지 않았습니다. 나비의 문양은 사람의 숨소리였습니다.

돈도 명예도 안 되는 시를 쓰다니! 형님, 우리는 이런 말을 듣고 삽니다. 하지만 고래로부터 오늘까지 시를 쓰는 행위는 삶을 존중하는 설렘이지 삶을 돈벌레로 내치기 위한

비루함은 결단코 아니라고 생각합니다. 그러나 시를 거절한 세상, 돈에 굶주린 세상은 이 땅의 월급봉투가 왜 불평등한가를 따져보기는커녕 "너는 한 달에 얼마짜리냐"면서 모두를 돈 지옥으로 몰아붙입니다. 사람이 돈 지옥에 몰리면 몰릴수록 꿈은 맹탕이 된다는 것을 잘 알면서도, 이따위 천한 세상의 질서를 거절할 자유가 우리에겐 1%도 없습니다.

사실이 이러한데도 나비의 날갯짓은 온전히 평화롭습니다. 재벌 중심으로 짜인 부조리한 구조를 혁명의 물줄기로 뒤바꿀 실력이 없는 게 현실일지라도 나비 문양은 씨앗처럼 야물고 빛이 납니다. 슬퍼 보이고 힘이 없어 보여도 오색 찬란한 빛깔이 아니어도 한恨을 물고 있는 그 빛은 여기가 사람이 사는 곳이라고 말합니다. 사람이 희망이라고 말합니다. 이 세상에 사람보다 더 귀한 존재가 없다고 믿는 신념을 옹호한다, 한 번밖에 없는 삶을 적에게 더 내줄 수는 없다, 이 돈 지옥을 기꺼이 언어로 맞받아치겠다고 선언합니다.

형님, 대자연의 순리와 조상의 뼈와 살로 일군 신화神話에 빚진 시, 사람의 행위를 먹고 사는 언어의 결은 순정합니다. 역사의 오늘을 일군 토박이 말씨는 오래된 주소처럼 정답고 쓰라립니다. 오랜 벗을 만난 듯 『모닥불』에 수록된 시편을 읽는 내내 시의 밑그림인 한恨에 원 없이 빠져들 수 있어서 기꺼웠습니다. 형님의 시는 삶의 내력에 갇히지 않는 농사꾼의 오늘이자 농경문화를 무시하는 담론들에 대한 항의였고, 지금까지와는 전혀 다른 새 삶의 꿈을 요구하는 나비 문양이었습니다. 시는 문명적 삶의 아류가 아니라 사람다움의 행위를 둘러싼 자연과의 교감 속에서 생명을 얻는 정신 작용이기 때문입니다.

　시를 읽다 말고 적상산 나비 곁으로 달려가고 싶었습니다. 형님 내외가 가꾼 텃밭에서 막 따온 조선고추, 그 맵디매운 맛에 단맛이 밴 고추를 날된장 듬뿍 찍어서 막걸리 한잔 먹고 싶었습니다. 기쁨도 슬픔도 그리움도 원통 절통함도 삶의 개구진 표정도 한恨의 형성 과정이라고 말을 건네는 형님. 낡고 시들고 못나 빠져서 인간 세상 밖으로 추방당할 수밖에 없는 산동네 삶의 뒷갈피들을 시의 언어로 곡진하게 모신 형님. 안경을 벗고 창밖을 바라보니 어제보다 햇살이 더 살갑고 가을이 비로소 깊어 가는 것 같습니다. 적상산 근처의 요모조모를 살피는 나비 문양은 오늘도 새로운 시간을 얻겠지요. 대자연 속의 무수한 생명들처럼 나비의 시가 건재하기를 바랍니다.